미나리도 꽃 피네

미나리도 꽃 피네

2024년 7월 5일 초판 1쇄 인쇄
2024년 7월 15일 초판 1쇄 발행

지은이 | 정희경
펴낸이 | 孫貞順

펴낸곳 | 도서출판 작가
　　　　(03756) 서울 서대문구 북아현로6길 50
　　　　전화 | 02)365-8111~2 팩스 | 02)365-8110
　　　　이메일 | cultura@cultura.co.kr
　　　　홈페이지 | www.cultura.co.kr
　　　　등록번호 | 제13-630호(2000. 2. 9.)

편집 | 손희 김치성 설재원
디자인 | 오경은 박근영
영업 | 박영민
관리 | 이용승

ISBN 979-11-90566-89-6 (03810)

* 이 도서는 2024년도 한국문화예술위원회 아르코문학창작기금(문학
　창작산실) 사업에 선정되어 발간되었습니다.

값 12,000원

작가기획시선

미나리도 꽃 피네

정희경 시조집

작가

잊고 살았다
미나리도 꽃 핀다는 것을

그냥
오래 두고
기다리기로 했다

미나리가
꽃필 때까지

2024년 여름
정희경

차 례

시인의 말

제1부

제2부

제3부

제4부

제5부

제1부

일기예보 2

마린시티 빌딩들
해무에 키 잘렸다

햇빛이 오기 전에
바람이 뜨기 전에

아찔한 높이를 산다
반값이다 떴다방

오경 알부잣집

– 동네시장

가슴에 품으세요 유정란 있습니다

구운 계란 있습니다 쫄깃쫄깃 합니다

탑으로 높이 쌓였죠 눕지 못한 날계란

암탉의 울음들로 아침 일찍 문 엽니다

알을 깨는 순간을 온종일 기다리죠

탁! 하고 풀릴 때까진 꿈꾸는 공간입니다

다랑쉬오름

소사나무 흰 몸들이 분화구를 내려간다
바람에 쓸리거나 바람에 맞서거나
깊이가 훤히 보여도 짚을 수 없는 밑바닥

온몸을 적셔오는 눈물은 고이지 않아
뼈마디 잇고 이어 분화구에 닿는 오늘
생각은 둘레에 두고 달 하나가 굽어본다

봄날은 잎을 부르고 잎들은 꽃을 불러
소사나무 흰 뼈에 아침이 피고 있다
다랑쉬 잃어버린 마을 동굴은 묻혔는데

제습제

축축한 호주머니 한 줌의 울음까지

세상을 끌고 다닌 눅눅한 밑단까지

내 옷장 구석구석에 웅크리던 울 엄마

몇 날의 눈물마저 한꺼번에 담아가서

홀쭉한 무덤가에 노란 꽃 가득 피네

뽀송한 햇살 한 줄기 이승으로 보낸 꽃

크릴 오일

엄마 펭귄 입속 깊이 어린 부리 넣는다

심해가 토해내는 몇 방울 붉은 크릴

미끈한 캡슐 한 알이 목에 걸린 이 아침

둥근 울음

공사 중 산책길에 드러누운 나무 기둥
딱따구리 둥근 울음 까맣게 비어 있다
이끼가 깊숙이 와서 얼룩으로 남는다

가진 건 울음뿐이라 둥글게 움켜쥔다
밀리고 밀려서 온 비탈길 변두리쯤
부리가 무뎌지도록 보름달을 쪼았다

어둠의 수신으로 산울림 탄성彈性으로
처진 날개 휘저으며 날아간 딱따구리
굴착기 바위 쪼는 대낮 메아리로 닿는다

밥통
− 동네시장

수요일에 나타나는 재첩국 1톤 트럭

스티로폼 푸른 박스 섬진강물 얼어 있다

밥통에 오천 원들이 밥알처럼 쌓인다

밥통을 돈통으로 싣고 다니는 그 남자

"돈들도 익어야제 설익으면 탈이 나"

보온 중 불은 꺼져도 간이 밴 재첩들

바오밥나무

제자리 서 있기란 끝없는 사막 같은 것
소문이 늘어지고 새들이 다녀갔다
안부는 산등성이에 걸려 내려오지 않는다

손 뻗고 발을 펴고 허공을 휘저어도
노을은 거미처럼 스멀스멀 기어 오고
하늘이 가지 끝에서 한 뼘씩만 자란다

양 한 마리 데리고 돌아온다던 어린왕자
별들은 반짝이고 장미는 자라지 않아
사막의 한가운데서 가시 헤는 여름밤

이런 봄날

햇살 가득 부엌 창가 무에서 싹이 났다

싹둑 잘린 단면이 뿌리 없이 물 올리고

초록이 짙어갈수록 쪼그라든 무의 몸

아들과 며느리가 달아난 긴 비탈길

하루하루 빈 몸으로 봄날에 기대선다

"나 두고 떠나면 안 돼" 손목 잡는 어린 싹

드라이버

아무리 디밀어도

벽면은 딱딱하다

스펙에도 고학력에도

또 팅기는 나사못

누군가 힘껏 돌린다

세상에 박히는 중

바람을 맞는 남자

수영교 어귀에서 바람을 맞고 있다
잠시 멈춘 자전거도 붉어지는 이른 아침
앞섶에 바닷바람이 풍선처럼 부푼다

다리만 넘어서면 재취업 첫 출근길
함께 흐른 수영강도 숨 고르는 길목에서
자전거 녹슨 바퀴가 바람 따라 구른다

달려야 해 강물처럼 뛰어야 해 파도처럼
바다를 마주하고 바람에 맞선 남자
중년의 물결을 딛고 저벅저벅 길이 온다

카세트테이프

일용직 사무실로

한파가 걸어간다

당기고 풀리기를

반복하는 허리통증

밤마다 늘어진 테이프

새벽이 또 감는다

닭발나무

허공을 움켜쥐다 풀어진 뼈마디들

길가에 닭발들이 물구나무 서 있다

연둣빛 이파리 몇 개 바람 따라 헛발질

한 곳에 내린 뿌리 붙박이 가로수들

햇빛이 가르쳐준 이정표를 동경하던

선연한 톱날 자국이 정리해고 통첩 같은

해마

센텀시티 대형마트 해마들이 출몰한다
체온을 나눠 가진 단단한 아기 띠
아내의 뒤를 따라서 큰 카트를 밀고 있다

파도가 요동치면 해조류를 감는다
머리에 힘을 주고 곧게 서서 헤엄치는
아빠는 육아낭 품은 마트 속의 해마다

자연산 슬로우푸드 유기농 계약재배
청정한 바다 같은 무공해 숲속 같은
카트에 아가를 위한 큰 세상을 담는다

제2부

하지

밭에서 따온 지가 한 시간도 안 됐심더

투박한 1톤 트럭 흥정이 한창이다

노랗게 물들어버린 운촌시장 길거리

장마도 올라카고 보관도 안 되고예

긴 해에 얼굴마저 누렇게 익어가는

속까지 타들어 가서 단내 풀풀 참외들

내부 수리 중

온종일 때각때각 잰걸음 스테이플러

굵은 못 두드리는 아득한 망치 소리

합판에 얇은 햇살을 또 한 겹씩 덧댄다

외이도골종外耳道骨腫

'내 목숨 다하거든 조개로 묻어주오'
굴과 전복 껍데기는 그들의 갑옷이다
조가비 갈아서 만든 팔찌를 껴묻기한다

'욕지도 파도 곁에 바람으로 덮어주오'
푸른 바다 향하여 두 눈을 누이면
별들도 자맥질하는 수평선이 보인다

오래된 잠수병 훈장 같은 그 흔적
박물관 유리 벽 속 인골의 말 아득하다
'땅으로 돌아온다는 그 약속을 지켰소'

미나리도 꽃이 핀다

개망초 흐드러져 둔덕에 피고 피고

베이고 베인 몸 미나리도 꽃이 피네

흰 물결 출렁이는 팔월 뭇별들이 내렸나

발목을 물에 담근 베인 자리 싹이 올라

속 비운 투명의 피 초록의 저 몸부림

기다림 흰 꽃으로 피네 미나리도 꽃 피네

출렁다리

나 여기 출렁이면 당신 거기 받아주오

당신 거기 흔들리면 나 여기 견디리다

달빛이 이승을 건넌다 숨이 멎는 물빛

종이비행기

5g의 기억에는 날개가 하나 없다

창공을 향하여 수없이 날렸던 몸

가볍게 내려앉거나 둔탁하게 부딪히거나

탄성彈性 없는 기다림은 시간을 넘어간다

바람이 내린 곳에 쌓여 있을 별똥별

겨울의 언덕을 지나 날렵하게 접힌다

용천각

― 동네시장

승천하던 용 두 마리 출입문에 매달렸다
달큰한 양파 조각 매콤한 고추기름
큰 코를 벌름거리며 냄새 연기 뿜는다

팔뚝 힘 탕탕 쳐서 기다랗게 뽑은 면발
울퉁불퉁 길이지만 쫄깃함도 배어 있어
웍질에 이글대는 불꽃 덤덤히 재운 삼십 년

별점도 배달앱도 먼 나라 이야기다
간간이 울어대는 검정빛 집 전화기
아내의 늙은 스쿠터, 온 동네를 달린다

구갑죽龜甲竹

그녀의 툭 불거진 손마디가 대숲이다

세상에 스칠 때면 서걱이는 초록 울음

고비가 꼬리를 물고 딱딱하게 굳는다

그림자만 사는 집

얇아진 셔터 안에 어둠만 자라났다

언제든 터질 듯이 팽팽히 부풀던 집

가새표 붉은 자국에 저항 없이 빠진 하루

저녁의 남은 온기 불도저가 밀고 갔다

아침을 찾고 있는 굴착기 요란하다

홀쭉한 그림자의 집 땅 밑에는 없는데

태화로터리

거미줄에 걸려 있는 한 마리 곤충인 듯
초보운전 마티즈가 세 바퀴째 맴을 돈다
따라온 공단의 불빛 태화강에 뚝뚝 지고

오른쪽 깜빡이가 방향을 잃어버렸나
구심력이 잡고 있는 일상은 또 무겁다
출구가 바로 저기인데 끝이 없는 퇴근길

떼까마귀 물결 위로 오늘을 날아가고
전조등 늘어지는 빌딩의 그림자들
원 안에 갇혀버린 길 탈출구를 찾는다

생선가게
– 동네시장

파란 물 출렁이는 그녀의 긴 앞치마

억센 조기 비늘 발자국이 다녀간다

씻어도 씻기지 않는

검정 장화 비린내

참깨를 심다

안개가 훑고 간 땅 이랑이 선명하다
걸어오던 봄바람이 둔덕에 멈춰 선다
고 작은 몸집 하나가 자리 잡은 헌 책상

어두운 쪽방에서 몇 날을 기다리나
뻐꾸기 울음소리 우묵한 봄의 한낮
북극성 대척점으로 눈물 한 점 보내고

깨알같이 웅크린 고시촌 말랑한 몸
어디든 길을 내면 내 길이 아니더냐
때맞춰 알람이 운다 하지夏至 지난 너른 들

오마주hommage

연밭에 양산이 간다 연꽃보다 더 큰 꽃들

영화의 첫 장면에 햇살 자막 오르고

웃자란 진초록 배경 청개구리 다녀간다

화려한 양산들은 스크린에 피고 진다

무대 뒤 부은 발이 스크럼을 짜는 사이

영화는 막을 내려도 연밥 익어 우뚝하다

4월, 풍경 2

불 꺼진 쇼윈도의 마네킹 걸음 같은

두 팔이 잘려나간 가로수 몸짓 같은

문 앞에 두고 떠나는 택배상자 무게 같은

층층이 싹 올리는 마디의 저음低音처럼

파도에 쓸려가다 멈춰서는 모래처럼

도시의 위리안치가 기호 앞에 줄 선 날

제3부

갑오징어

짙은 바다 휘저으며 방패를 세워둔다

닿지 못해 부러진 창 포말로 밀려오고

몸값이 한껏 올랐다

갑옷까지 두르고

플라밍고 혹은 플라멩코

긴 목과 긴 다리는 기다림의 배경이다
찰랑이는 물결에 여윈 발목 잠겨오고
온몸이 노을 속으로 시나브로 번진다

머물지 않으리라 날개를 펼쳐 든다
떠다니는 구름 품은 곡선의 저 비행들
해 질 녘 사라진 실루엣 모래 위를 찍는다

기타는 스적스적 수평선을 튕기고
아리랑 고개 넘듯 파도는 휘몰아쳐
선술집 오래된 벽면에 타오르는 불의 꽃

폐지 내는 날 2

어젯밤 내어놓은 폐지가 흠뻑 젖어
바닥을 뚫고 오는 냉기가 또 무겁다
예보도 피해 갈 수 없는 길거리의 얇은 잠

부동산에 그은 밑줄 눈물이 번져 있다
표제는 흐릿한 채 엉겨 있는 기사들
읽다 만 조간신문들 묶인 자국 헐겁다

구호로 공약으로 내려가는 바깥 체온
해가 나면 마를까 아랫도리 아직 축축해
축 처진 폐지 더미 위 집게차가 지나간다

창령사 나한상

먼 길을 걸어서 온

엄마가 앉아 있다

햇살로 지은 집에

산 하나 얹어 놓고

바람에 뭉개지는 몸

두 손 가만 모은다

말

가시가 목에 걸려 붉게 변한 바닷빛
삼키지도 못하고 뱉지는 더욱 못해
나에겐 붉은 가시가 그에게는 뼈였네

한 마디 말의 뼈가 내게 와 가시 된다
살점에 묻혀 있는 난독難讀의 옹이여
잘 구운 고등어 등은 아직까지 푸른데

추분秋分

나른한 햇살들을 거실 끝에 들여놓고

놀이터 웃음소리 배경으로 깔아놓고

쫄깃한 반죽 한 덩이 가을 숙성 중이다

감자는 숭덩숭덩 호박은 얄팍하다

진하게 멸치육수 바다를 졸여놓고

다저녁 가을 익는 소리 수제비를 뜬다

탄소발자국*

어젯밤 내 마당에 폭설이 다녀갔다
구겨진 종이컵에 짜장 묻은 젓가락에
덮어서 감추어버린 발자국이 시리다

실금 간 메아리가 빙하에 집을 짓고
꽁꽁 갇힌 계절을 판독하는 해수면
뜨겁게 몸을 부풀린 발자국이 녹는다

질펀한 내 마당에 폭설이 지워졌다
둘둘 감긴 휴지들 다 달아난 심지처럼
발자국 다녀간 길에 맨몸들이 서 있다

* 생산에서 소비, 폐기에 이르기까지 제품의 전 과정에서 직간접적으로
  발생하는 온실 가스 배출량

신이네 과일동산

— 동네시장

검은색 뿔테 안경 콧등까지 내려와서

두꺼운 성경책을 필사하듯 읽고 있다

한 발짝 나앉은 대봉감 꼼짝없이 붉었다

한참을 기다려서 건네받은 검은 봉지

말씀 한 알 사과 두 알 달콤하게 익는 저녁

어둠이 총총 내린 동네 발걸음도 익는다

가덕대구加德大口

몸보다 더 큰 입이 노을에 매달린다

한꺼번에 쏟은 말들 심장까지 텅 비웠다

해풍이 툭 치고 가는 가덕수도加德水道 누릉이*

무섭게 달려오는 파도가 발밑인데

꾸덕꾸덕 말라가는 말의 힘 얼어 있다

뱉은 말 구름이 되었나 시린 하늘 떠돈다

*10kg 남짓 되는 대구大口

화산곡지, 바람꽃

꺾이지 않으려는

밟히지 않으려는

바람의 뒤꿈치가

여리고 희디희다

함부로

디딜 수 없어

깨금발로 가는 봄비

커피 자판기

식전엔 노인이 둘 쪼그려 앉아 있던
열시엔 엄마가 넷 시끄럽게 서 있던
아파트 상가 입구에 자판기가 덩그렇다

택배기사 빠른 걸음 스쳐 가는 오후 너머
별빛을 끌고 오는 취준생 흰 손가락
종이컵 식은 몸으로 저 물컹한 뜨거움

복원 12

- 초미세먼지

눌러쓴 검은 모자
당겨 올린 흰 마스크

안경이 흐릿하다
봄날이 멀어진다

인식에 실패했습니다
현관문의 알림음

흑꼬리도요 한 마리

균형 잡는 얼음덩이 출발이 탱탱하다
방향을 타전하는 뾰족한 분홍 부리
차가운 알래스카를 수직으로 오른다

물 없는 사막 같은 태평양 한가운데
등에 단 위성 태그 적도를 교신한다
바다를 달리는 건지 하늘을 나는 건지

길게 길게 따라오는 별도 지쳐 누운 밤
물 한 모금 잠 한숨도 항로에는 없었다
날개를 접지 않는다 빈혈 앓는 제트기

그림자 지워버린 수평선 그 너머로
따듯한 뉴질랜드 귀에 익은 파도 소리
해안선 흰 줄을 당겨 여윈 날개 안는다

복원 14

– 자가격리

나팔을 길게 불어 백합은 목이 쉬고

한낮에도 화려하던 노란 장미 거뭇거뭇

불 꺼진 동네 꽃집은 며칠째 얼어 있다

당분간 닫습니다 불편 드려 죄송합니다

유리문에 이슬이듯 갇힌 일상 흘러내리고

꽃집 앞 흰 마스크만 얼굴 없이 오간다

제4부

칠곡할매체

잊어버린 순간들은 가물가물 아지랑이
말하고도 쓸 수 없어 보고도 읽을 수 없어
눌러 쓴 다섯 폰트가 제 이름을 달았다

삐뚤빼뚤 글씨들 굽이진 길 돌아와
수천 장 쓰고 또 쓴 입말이 씨가 된다
배추씨 시금치씨*에 詩가 열린 칠곡할매

몸이 쓴 글자들이 팔십 평생 함께 왔다
작대기가 꼬꼬장해* 콩이나 쪼매 심고*
할매들 집으로 가는 길 이름 석 자 빛난다

* 소화자의 「시가 뭐고」(…시를 쓰라 하네/시가 뭐고/나는 시금치씨/배
  추씨만 아는데)중에서
* 장세금의 「탈이다」 중에서
* 이분수의 「나는 백수라요」 중에서

씨간장

날개를 달았는지 품 안을 다 떠나고

별 하나 남아서 느린 맛을 들인다

큰 장독 바닥에 깔린 까만 밤을 홀로 익는

긴 시간 나에게도 그런 별 하나 있지

어두운 밤 끌어주고 사라졌다 다시 오는

햇장이 꽃이 되는 날 씨앗으로 스며든

별점

스피드에 별점 하나
단맛에 별점 다섯

별로 주는 점수에
가게마다 별천지다

밤하늘 사라진 별들
도시를 휙휙 달린다

소막마을*

서 있는 소들처럼 막사는 버티었다
팔려 가지 않으려고 힘을 준 다리 기둥
벽면에 소들의 울음 펄럭이고 있었다

기울어진 지붕 위에 환기창 열어두고
다닥다닥 붙어 피는 전봇대의 흐린 체온
실핏줄 언덕배기에 컨테이너 번진다

저 뱃길 따라가면 고향에 닿아질까
쫓겨난 황소걸음 피난 온 아기 울음
막사에 등대 한 채 짓고 무적霧笛 소리 보낸다

* 부산시 우암동 189번지. 일제강점기 때 일본으로 수탈되는 소를 위한
소막사가 한국전쟁 때 피난민의 주거지로 사용되어 형성된 마을

도깨비 장터

- 동네시장

아지매 이리 오소 오늘은 게가 좋아
펄펄 살아 바다 가네 돈 벌어 가는 거야
반말을 툭툭 던지는 총각 사장 도깨비

방망이도 없는데 야채가 푸릇푸릇
뿔도 하나 없는데 해물이 펄떡펄떡
장터엔 마법이 살아 있다 좋은 품질 예쁜 값

물탱크

보름달 두레박을 깊게 깊게 드리우면
별빛이 쏟아내려 일렁이는 낡은 우물
사라진 동네 우물이 하늘 아래 모였다

산동네 집집마다 얼기설기 혈관으로
녹이 슨 수도관들 절룩이며 오른다
파랗게 고인 시간들 장승으로 버티고

물동이를 이마에 인 유물 같은 풍경이다
날아갈 듯 얇은 집에 무게 중심 잡고 있는
지붕 위 마르지 않는 파란 우물 흰 구름

굴광성 소견 2

아파트 작은 화단 붉은 줄 처져 있다

걸음에 스칠까봐 웃자란 허리 감싸

백일홍 휘청이는 아침 중력에 기대선다

아파트 부푼 몸집 그늘진 오후 내내

빛을 향한 지독한 벽 인력시장 길이 길다

붉은 줄 넘지 못한 채 해가 진다 꽃 진다

무인점포

- 동네시장

목소리 표정마저
삭제된 로봇이다

바코드 비밀 풀어
공간을 탈출한다

달달한 아이스크림에
복제되는 명령어

도시 표해록

서울로 가는 길은 바다에만 있지 않아
애월에서 곽지까지 등대는 멀리 있다
산책로 좀녀의 길에 줄지어 선 카페들

낮에도 불을 밝혀 바다를 키워낸다
바위를 쓸어내는 파도의 힘을 보아라
길목을 돌아 나오면 지워진 길 철썩인다

부러진 삿대로도 몸집 불린 한담해변*
닻 내린 카페들이 바다를 밀어낸다
걸어서 닿을 수 있는 수평선이 보인다

*장한철(『표해록』의 저자) 산책로가 있다

애물단지

가슴에 묻는다는 그 말이 눈물이다
강보에 고이 싸둔 아가야 내 아가야
어두운 애물단지가 박물관에 서 있다

그 눈물 자국마다 미세한 금이 간다
냉동고에 묻어버린 울음마저 얼어 있다
불러도 들리지 않는 그 이름을 지웠다

충렬사 감나무

— 무명용사의 위패

안락동 충렬사에 감나무 꿋꿋하다
잎보다 더 많은 푸르뎅뎅 감을 달고
저녁답 촛대를 세워 가을불을 켜는 손

소나무 배롱나무 정돈된 고요 따라
노을의 뒤꿈치들 수문장을 깨운다
어둠을 움켜쥔 꼭지 더디 붉고 더디 지고

잎 떨군 맨 가지에 고욤의 이름으로
제 속을 다 꺼내어 씻어 놓은 달의 얼굴
새벽을 점점이 밝힌 횃불 올려 서 있다

맹지, 개발지구

흰 눈이 소복 쌓여 보이지 않았다고?

열 길의 물속보다 깜깜한 당신의 길

눈먼 땅 왕버들 묘목 평생월급 자란다

화성성역의궤

내 성에 드는 것은 무엇이든 거두어라

이삼이 최망아지 품삯을 기억하라

활자에 먹물을 찍어 글자로 성을 짓다

서장대 고주高柱 4개 지름이 1척 6촌

투시도를 읽어내고 거중기를 도설圖說하라

첩첩이 오늘을 쌓아 내일을 복원하다

불을 먹이다

벌겋게 달아올라 쇠 한 조각 햇덩이다

겁에 질린 아우성 흰 불꽃 토해낸다

수백 번 낙하해머에 얇게 펴진 햇살들

절묘한 목의 곡선 각도를 잡는다

화기의 붉은 메질 비대칭의 단단한 날

대장간 호미 한 자루 불덩이를 품는다

제5부

갈매기 주점

　－ 동네시장

부산의 갈매기들 탁자에 둘러앉아
야구장 파도타기 여기까지 끌고 왔다
바다가 소주잔 가득 펄떡이며 앉는다

늙어버린 주점에 가을 전어 한 접시
막다른 시장 골목 가로등이 익는다
소주병 초록 불빛이 희미한 등대 같은

목쉬도록 불러보는 안타의 붉은 저녁
밀물로 끌려오는 9회 말을 위하여
사나이 억센 사투리 갈매기를 부른다

카톡 언해

싹둑싹둑 잘라먹은 홀소리를 번역한다
아래아(·)도 반치음(△)도 사라진 21세기
닿소리 제 홀로 앉아 상형글자 되었다

앞뒤를 날려버려 고갱이만 남았나
탈락도 축약도 아닌 생략된 낱말들
눈으로 읽지 못하는 전언을 언해한다

생생 전복죽집

− 동네시장

몸을 세워 붙어 있나 납작하게 엎드렸나
산소방울 올라오는 죽집 앞 장승 같은
몇 몸은 얼싸안고서 찬 얼굴을 부빈다

별점을 놓쳐버린 화면은 꺼져 있다
듬성듬성 테이블에 그늘이 자라나고
자꾸만 저어대는 저녁 죽그릇이 식었다

차가운 유리벽에 수온은 오르는데
온몸에 돋은 빨판 세상에 흐물거린다
주광색 서늘한 간판 수족관이 흐리다

야자매트

여기까지 왔구나 팔 잘리고 꿈도 잘려

밟혀서 누워버린 다랑쉬 오르는 길

분화구 읽어내는 달 곡선으로 흐른다

한 계단 한 계단은 또 마디가 되었다

미끌리지 말아야지 처지지도 말아야지

매듭에 목이 쉰 함성 풀씨 하나 데려왔다

운촌 2구역 재개발지구

백목련 환한 가지 마주 보는 자목련

재개발 아파트가 구름에 뻗어 있다

환해서 눈 뜰 수 없는 봄 느릿느릿 오고 있다

실핏줄이 드러난 비대칭의 목련 두 그루

새길 건너 옛길은 낮아지고 낡아진다

높아서 오를 수 없는 봄 멈칫멈칫 가고 있다

바심하다

새들만 쫓아내던 나른한 들판 가득

그늘도 한 점 없이 가을이 오고 있다

촘촘한 어깨를 풀고 허수아비 익는다

정수리에 꽂히는 하늘의 죽비 소리

짯짯이 뜯어보는 마음의 윤곽처럼

굳어진 가을의 껍질 조바심이 벗긴다

복원 16
– 명지 갈미조개

아파트로 올라가는

명지의 거센 바람

갈매기 떠나가고

입술은 닫혀 있다

낙동강 쫄깃한 맛이

하굿둑에 갇힌다

야차굼바

제 몸만 한 짐을 지고 벼랑길을 걸어왔다
허기도 희망 앞에 속절없이 무더지고
심장을 파고든 한기 짐승처럼 기었다

가장 높은 히말라야 가장 낮게 엎드린 몸
눈 녹은 맨땅 위에 눈의 빛 번쩍인다
애벌레 무릎에 굳어 오체투지 싹 트는

때때로 내린 우박 기도로 쏟아진다
두고 온 룽다 위로 흩날리는 신의 언어
텡보체 오늘을 향해 나마스테 나마스테

보물찾기

가려진 무대 위로 잊힐 듯 사라질 듯
무성한 어깨들을 단단히 매어두고
가을은 그 끝자락에 달 하나를 품는다

어릴 적 찾지 못한 소풍날 보물쪽지
바람에 달아나고 뼈대만 남아서
보름달 누런 호박을 소리 없이 키운다

춤chum

눈의 바다 기둥이 된 비스듬한 장대들
순록의 가죽으로 온기를 덮는다
툰드라 겹겹의 눈밭 춤을 추는 오로라

얼지 않은 심장이 난로를 데운다
지어서 허문 것이 동토의 땅 춤*뿐이랴
뜨거운 순록의 피에 쏟아지는 언 별들

춤을 실은 썰매 위로 가스관이 흐른다
순록의 뿔 사이로 기차가 지나간다
언제든 떠나가야 할 세상의 끝 야말반도

*야말반도 네네츠족 전통 이동식 가옥

시인의 우편함

매미가 자지러지게 하늘로 오르더니
수만 필 말을 몰아 소나기 달려온다
먼 길을 요금별납으로 온 『눈물이 참 싱겁다』*

『컵밥 3000 오디세이아』*는 말 허리에 묶여 있다
웅크린 젊음들이 저벅저벅 걸어 온 날
집 나간 닿소리들의 『혈색이 돌아왔다』*

*김진숙, 최영효, 임성구 시조집

아부심벨*

– 나일강 기행 1

나일강이 건져 올린 산 하나 우뚝 솟아
돛을 접은 모래바람 여기 와 멈춰 있다
사막을 통째로 삼킨 낙타 등은 여위고

주인은 어디 가고 그림자만 길어진다
무릎 꿇어 올리는 즐비한 성물들
두터운 벽화에 새겨 필름처럼 펼쳐두고

나그네는 스쳐 가지만 부동의 자세로 남아
깎이고 지워져도 누대의 문지기들
신전에 오롯이 바친 태양 나일강이 읽는다

* 이집트 아스완에 있는 람세스 2세와 그의 아내의 신전. 아스완댐 건설
때 수몰 위기에 처한 것을 유네스코의 지원을 받아 현재 위치로 옮겨
놓았다

모란

겹겹이 펼쳐놓은

자줏빛 카펫 위로

황금빛 드레스의

여인이 우뚝하다

오스카

초록 필름도

스크린에 뜨겁다

겨울밤, 호스피스 병동

1
보호자 대기실에 흰 탁자가 서느렇다
다 풀린 눈물 같은 컵라면 늦은 면발
힘없이 나무젓가락에 주르르륵 흐른다

2
어둠이 병실 향해 스멀스멀 기는 날
규칙적인 호흡 소리 토닥토닥 나를 재워
가슴에 손주를 안고 토닥토닥 잠재우던

3
예수님 오신다면 엄마 몸에 오소서
산수유 붉은 열매* 찾아 나선 눈 오는 밤
침상 끝 저며 오는 통증 썰매 타고 가소서

*김종길 「성탄제」에서 인용

흰 꽃으로 피어난 미학적 기억의 울림

― 정희경의 시조 미학

유성호(문학평론가, 한양대학교 국문과 교수)

흰 꽃으로 피어난 미학적 기억의 울림

– 정희경의 시조 미학

유성호(문학평론가, 한양대학교 국문과 교수)

1. 시조시단이 거둔 최량의 사유와 감각

서정시는 시인 스스로의 고유한 경험을 기억하고 표현하는 언어예술로서의 성격을 본래적으로 띤다. 우리가 서정시의 창작 동기를 소중한 기억의 과정에서 찾으려 하는 것도 이러한 이유에서 기인하는 것일 터이다. 이처럼 기억이라는 서정시의 원초적 동력은 시인으로 하여금 스스로의 삶에 몰입하게끔 하면서 동시에 다양한 타자들을 향해 나아가게끔 해주기도 한다. 정희경 시인은 서정시의 한 양식인 현대시조를 통해 이러한 기억의 과정을 섬세하고 아름답게 보여주는 우리 시조시단의 장인匠人이라고 할 수 있다. 이번에 펴내는 시조집 『미나리도 꽃 피네』(작가, 2024)는 「시인의 말」에 "잊고 살았다/미나리도 꽃 핀다는 것을//그냥/오래 두고/기다리기로 했다//미나리가/꽃필 때까지"라고 썼듯이, 그동안 망각했던 것을 오래도록 기다리면서 기억하려는 시인의 마음을 담고 있다. 이때 시인에게 '시조'라는 정형 양식은 삶의 구체성을 담아내는 단정한 그릇이요, 내밀한 심정 토로를 가능하게 해주는 훌륭한 음악이요, 가감 없이 자신이 살아온 날들을 성찰하게 해주는 섬세한 기록으로 거듭나게 된다.

아닌 게 아니라 정희경의 이번 시조집은 그가 아프게 통과해온 시간에 대한 재현의 순간을 담으면서 지금도 소용돌이치는 인상적인 장면들에 자신의 열정을 헌정하는 속성을 견지한다. 시인은 지나온 시간을 추스르는 가운데 삶의 본질에 대해 속 깊은 질문을 던지고 있는데, 이때 그러한 질문은 자연스럽게 삶의 본질에 대한 존재론적 탐구 의지로 이어지게 된다. 그만큼 그의 시조는 삶의 내력을 회상해가는 성격을 띠면서 자기 성찰에 오랜 시간을 바쳐가는 언어적 결과물로 다가온다. 시인은 사물을 향한 외적 관심보다는 스스로의 삶에 대한 내적 기억을 더 강렬하게 구성함으로써 삶을 견뎌가는 모습을 우리에게 보여주는 것이다. 만만찮은 무게로 주어졌던 삶의 무게를 견뎌가면서 그 지층을 은은하게 돌아보고 있는 이번 시조집은 그 점에서 최근 한국 시조시단이 거둔 최량의 사유와 감각을 만나보게 해줄 것이다. 이제 그 세계 안으로 천천히 들어가 보도록 하자.

2. 생명 현상에 대한 해석과 기억의 인화印畫

먼저 우리는 이번 시조집을 통해 정희경 시인이 일상의 소소한 결들을 통해 삶의 본질을 투시하는 과정에 흔연히 동참하게 된다. 시인은 자신의 생각이나 감정을 직접 드러내지 않고 사물의 존재 방식과 삶의 본질을 유추하는 간접화된 방법을 줄곧 지향해간다. 결국 시인이 포착한 사물의 존재 방식은 구체적인 삶으로 치환되면서 존재의 심층에 가라앉은 삶의 이법理法에 대한 만만찮은 사유를 우리에게 가져다준다. 다양한 사물의 존재 방식을 통해 삶의 비의秘義에 도달하려는 이러한 시인의 설계가 우뚝하기만 하다. 그 순간 정희경 시조의 지표는 사물 속에 깃들인 생명의 원리에 대한 사유를 수행해가는 것이다. 살아가면서 자연스럽게 느낄 법한 이법을 담아내는 데 남다른 적공을 들이는 시인의 시선은, 오랜 시간 쌓아온 연륜이 묻어나는 미더운 모습으로 이어지면서 생명에 대한 섬세한 관찰과 표현을 구축해간다. 다음 시편을 먼저 읽어보도록 하자.

밭에서 따온 지가 한 시간도 안 됐심더

투박한 1톤 트럭 흥정이 한창이다

노랗게 물들어버린 운촌시장 길거리

장마도 올라카고 보관도 안 되고예

긴 해에 얼굴마저 누렇게 익어가는

속까지 타들어 가서 단내 풀풀 참외들

– 「하지」 전문

　시인은 해가 가장 길고 무더운 하지夏至에 밭에서 따온
지 한 시간도 안 된 참외들을 트럭에 싣고 와 팔고 있는 이
들의 모습을 기록한다. 참외로 노랗게 물들어버린 "운촌시
장 길거리"는 그렇게 흥정이 한창인 생산과 소비의 장소로
등장하기도 하지만, "긴 해에 얼굴마저 누렇게 익어가는"
참외들이 "속까지 타들어"가는 과정을 통해 여름날의 한순
간을 선명하게 보여주는 생명의 현장을 암시하기도 한다.
정점의 과실이 속까지 타들어가는 순간을 통해, 영남 방언
의 살가운 표현을 통해, 시인은 생명의 현장이 가지는 한

장면을 선명하게 보여주고 있는 것이다. 다음은 어떠한가.

개망초 흐드러져 둔덕에 피고 피고

베이고 베인 몸 미나리도 꽃이 피네

흰 물결 출렁이는 팔월 뭇별들이 내렸나

발목을 물에 담근 베인 자리 싹이 올라

속 비운 투명의 피 초록의 저 몸부림

기다림 흰 꽃으로 피네 미나리도 꽃 피네

- 「미나리도 꽃이 핀다」 전문

시조집의 표제를 품고 있는 이 낭송 지향의 시편은, 둔
덕 가득 피어 있는 개망초와 여름밤 별들의 흰 물결처럼 핀
미나리 꽃을 바라본 시인의 황홀한 감각을 형상화하고 있
다. 베인 자리에서 싹이 나고 "속 비운 투명의 피 초록의 저
몸부림"처럼 피어난 미나리 꽃을 두고 시인은 오랜 '기다
림'의 의미를 부여한다. 「시인의 말」에서 오래 기다리겠노
라고 피력한 부분과 고스란히 겹치는 이 고백 앞에서 우리

는 강인한 생명의 모습과 그것을 투명한 삶의 비의로 전환시키는 시인의 필치를 함께 경험하게 된다. 물론 이러한 마음은 생명이 품은 "깊이가 훤히 보여도 짚을 수 없는 밑바닥"(「다랑쉬오름」) 같은 원초적 차원에 대한 어떤 믿음 때문에 가능했을 것이다.

이처럼 정희경 시인은 자신의 경험과 판단을 짧은 언어 형식 안에 담아냄으로써 생명 현상의 가열함과 강인함을 두루 보여준다. 우리는 그의 작품을 읽음으로써 정서적 위안을 얻기도 하고 상황적 충격을 받기도 하며 감각의 풍요로움을 느끼기도 하는데, 이때 그의 시조에 나타난 정서는 생명의 가치에 대한 균형과 조화를 이루는 방향으로 설계되어 있다. 시인은 생명에 대한 균형과 조화의 감각을 통해 오랜 시간을 담은 기다림의 고백을 남겨주면서 자연 사물로 확장되어가는 유연한 감각을 함께 보여준다. '참외'나 '미나리 꽃' 같은 자연 사물을 통해 다양한 미학적 파문을 그리면서 자신의 시조 안에 생명 현상에 대한 해석과 기억의 인화印畵를 든든하고 은은하게 이루어간 것이다.

3. 공동체적 울림을 새겨가는 기록자로서의 의지

서정시의 욕망은 시인 스스로 꾸려온 삶에 대한 회상과 그것을 토대로 한 순간적 인상의 점화點火 과정에 있다. 정희경 시인의 미학적 성취 역시 이러한 속성에서 말미암는 다. 하지만 그는 인생론적 성찰 못지않게 공공적 시간의 흐름을 들여다보려는 의지를 강하게 내비친다. 이는 커다란 시간의 흐름을 따라 우리의 삶을 기록하고 바라보려는 시선과 궁극적으로 연관되는 것이다. 이때 시인은 등량적으로 분절된 시간이 아니라 삶의 구체성 속에서 이루어지는 연속적 시간을 귀중하게 가다듬는다. 이처럼 정희경의 시조에서 우리는 공공적 시간의 흐름과 함께, 그것을 가장 단단하고 풍부한 언어로 각인하려는 '기록자'로서의 남다른 의지를 만나보게 된다.

안락동 충렬사에 감나무 꿋꿋하다
잎보다 더 많은 푸르뎅뎅 감을 달고
저녁답 촛대를 세워 가을 불을 켜는 손

소나무 배롱나무 정돈된 고요 따라
노을의 뒤꿈치들 수문장을 깨운다
어둠을 움켜쥔 꼭지 더디 붉고 더디 지고

잎 떨군 맨 가지에 고욤의 이름으로
제 속을 다 꺼내어 씻어 놓은 달의 얼굴
새벽을 점점이 밝힌 횃불 올려 서 있다

–「충렬사 감나무 – 무명용사의 위패」전문

　　부산 안락동 충렬사에 꿋꿋한 감나무 하나가 푸른 감을 무수히 달고서는 "저녁답 촛대"로 가을 불을 켜고 있다. 충렬사 안에 찾아온 가을 황혼의 고요가 수문장을 깨우고, 이어지는 어둠을 따라 "제 속을 다 꺼내어 씻어 놓은 달의 얼굴"이 떠오른다. 그렇게 "새벽을 점점이 밝힌 횃불 올려" 서 있는 충렬사 감나무를 통해 시인은 '무명용사의 위패'를 기록하고자 한다. '무명無名'과 '용사勇士'가 결속하면서 역사의 어둠을 밝힌 시간이야말로 굳건한 존재자들에 의해 가능했음을 노래하는 것이다. 이제 "아래아(·)도 반치음 (△)도 사라진 21세기"(「카톡 언해」)에 우리는 이러한 기록을 좇아 '지금–여기'에서 우리가 존재할 수 있음을 거듭 실감하게 된다.

　　　서 있는 소들처럼 막사는 버티었다
　　　팔려가지 않으려고 힘을 준 다리 기둥
　　　벽면에 소들의 울음 펄럭이고 있었다

　　　기울어진 지붕 위에 환기창 열어두고
　　　다닥다닥 붙어 피는 전봇대의 흐린 체온
　　　실핏줄 언덕배기에 컨테이너 번진다

저 뱃길 따라가면 고향에 닿아질까
쫓겨난 황소걸음 피난 온 아기 울음
막사에 등대 한 채 짓고 무적霧笛 소리 보낸다

-「소막마을」전문

부산 우암동 '소막마을'은 일제강점기 때 일본으로 수
탈되어 가는 소를 위해 지은 소막사를 한국전쟁 때 피난민
주거지로 사용하면서 형성된 이름이다. 막사는 팔려가지
않으려고 완강하게 다리에 힘을 준 소들처럼 오랜 세월을
버텼고, 그 벽면에는 "소들의 울음"이 아스라하게 펄럭이
고 있다. 기울어진 지붕 위에 열려 있는 환기창, 전봇대의
체온처럼 이어진 "실핏줄 언덕배기"에는 아직도 "저 뱃길
따라가면 고향에 닿아질까" 하는 황소걸음과 아기 울음이
동시에 "무적霧笛 소리"처럼 여울지고 있다. 이처럼 정희
경 시인은 식민지와 전쟁을 관통하면서 들려오는 '소'와
'아기'들의 울음소리를 재현함으로써 '소막마을'의 역사
를 함축적으로 기록하고 있다. 그렇게 "어두운 밤 끌어주
고 사라졌다 다시 오는"(「씨간장」) 시간은 '지금-여기'에
서 살아가는 우리를 어느새 역사적 존재로 만들어주고
있는 것이다.

결국 정희경 시인은 우리 삶 곳곳에 배인 폐허와 불모의
상황을 기록하면서 새로운 역동성을 희원하는 역설의 시

편들을 써간다. 삶의 빛과 그늘을 동시에 투시하는 공공적 기억을 통해 언어 생성을 통해 존재 생성이 이루어지는 과정을 남김없이 보여준다. 말할 것도 없이 이때의 기억이란 시 창작의 제일의적 원인이 되어주면서, 동시에 공동체가 겪은 경험적 구체성을 낱낱 진실로 보여주는 역할을 하게 된다. 그래서 인간의 동일성에 지속적 영향을 끼치는 원초적인 힘이 되어주면서, 시인으로 하여금 공동체적 울림을 새겨가는 기록자로서의 의지를 가지게끔 해준 것이다. 그 흐름과 잔상殘像을 써가는 정희경 시인의 시선과 필치가 퍽 단단하고 건실하게 다가오고 있다.

4. 우리 시대 삶의 축도縮圖로서의 시조

정희경의 시조는 인간 내면의 파동과 그것을 감싸는 언어에 의해 비로소 형태를 얻어가는 세계라고 할 수 있다. 서정시의 존재 이유가 삶에 대한 끝없는 질문과 그것의 궁극적 긍정이라는 점에서, 정희경 시인의 이러한 긍정의 마음은 그의 시조가 가지는 예술적 차원을 필연적으로 높여주는 역할을 한다. 또한 우리 시대가 문학조차 퇴영의 그림자를 길게 끌고 있다는 점을 염두에 둘 때, 이러한 긍정의 힘은 서정시의 역설적 정체성과 존재 이유를 알려주는 더 없는 지표가 되어주기도 한다. 그렇게 정희경의 시조는 우리로 하여금 상처와 사랑의 힘을 동시에 알아가게끔 해주면서, 삶의 매우 구체적인 풍경과 장면을 수습하는 구체성 또한 경험하게끔 해준다. 암시적 서사성과 함께 단정한 언어적 매무새가 우리 시대 삶의 축도縮圖로서의 시조를 경험하게끔 해주는 세계로서 우뚝하기만 하다.

몸을 세워 붙어 있나 납작하게 엎드렸나
산소방울 올라오는 죽집 앞 장승 같은
몇 몸은 얼싸안고서 찬 얼굴을 부빈다

별점을 놓쳐버린 화면은 꺼져 있다
듬성듬성 테이블에 그늘이 자라나고
자꾸만 저어대는 저녁 죽그릇이 식었다

차가운 유리벽에 수온은 오르는데
온몸에 돋은 빨판 세상에 흐물거린다
주광색 서늘한 간판 수족관이 흐리다

 -「생생 전복죽집 - 동네시장」전문

이번 시조집에는 '동네시장'이라는 부제가 붙은 연작이 여럿 보인다. 그 가운데 '생생 전복죽집'을 다룬 이 시편은 죽집 수족관의 장승 같은 풍경을 "찬 얼굴"의 이미지로 그

려내고 있다. 어느새 식어버린 저녁의 죽그릇처럼 "차가운 유리벽"과 흐물거리는 "빨판 세상" 그리고 흐리고 서늘한 간판 수족관의 연쇄적 묘사를 통해 시인은 '동네시장'의 활력 이면에 존재하는 한없는 그늘의 비애를 담아낸다. "소주병 초록 불빛이 희미한 등대 같은"(「갈매기 주점 - 동네시장」) 세월 속에서 "씻어도 씻기지 않는//검정 장화 비린내"(「생선가게 - 동네시장」) 같은 삶을 살아온 이들의 모습을 재구再構해내는 시인의 손길이 선연하게 따사롭다.

> 아파트 작은 화단 붉은 줄 처져 있다
>
> 걸음에 스칠까봐 웃자란 허리 감싸
>
> 백일홍 휘청이는 아침 중력에 기대선다
>
> 아파트 부푼 몸집 그늘진 오후 내내
>
> 빛을 향한 지독한 벽 인력시장 길이 길다
>
> 붉은 줄 넘지 못한 채 해가 진다 꽃 진다
>
> ─「굴광성 소견 2」 전문

'굴광성屈光性'이란 빛이 오는 방향으로 굴곡 성장하는 성질을 말한다. 시인은 그에 대한 관찰과 소견을 시조 한 편으로 이렇게 처연하고 적확하게 표현하였다. 아파트 작은 화단에서 아침 중력에 기대선 백일홍 무리가 붉은 줄을 두르고 서 있다. 그늘진 오후가 되자 빛을 향한 지독한 벽이 인력시장처럼 길게 몸을 늘이고 있다. 그렇게 붉은 줄을 넘지 못한 채, 해도 지고 꽃도 지고 하루도 기울어간다. 결국 이 작품은 굴광성을 띤 꽃의 속성을 보여주면서도 그 이면에 그늘에서 저물어가는 하루를 배치함으로써 우리 시대의 '빛'과 '그늘'을 선명하게 보여준다. 특별히 '인력시장'이라는 기표가 '굴광성'과 대조되면서 삶의 아픈 심부深部를 환기하는 역할도 하고 있다는 점에서 중층적 의미를 담고 있는 시편이라고 할 수 있을 것이다. 그렇게 "바람이 내린 곳에 쌓여 있을 별똥별"(「종이비행기」)을 바라보면서 살아온 우리 주위의 삶을 한편 '빛'으로 한편 '그늘'로 품어낸 가편이라 할 것이다.

정희경 시조가 부여하는 이러한 삶의 실감들은 변방의 존재자를 통해 인간의 궁극적 관심을 암시하는 시선을 건네준다. 그래서 우리는 따스하고 낮은 시선을 보여주는 그의 시편을 통해 우리를 치유하고 위안해가는 마음이 추상적 전언에 있는 것이 아니라 변방의 존재자를 통한 구체적 실감 안에 있음을 깨닫게 된다. 물론 이러한 감각은 삶의 관성에 인지적, 정서적 충격을 가함으로써 시선의 깊이를

확보해간다는 데 더 커다란 의의가 있을 것이다. 그리고 우리는 이것이 서정시의 보편적이고 절실한 존재 이유라고 말할 수 있을 것이다. 느리고 낮은 존재자들을 향한 시선의 실감과 역동성이 거기에 있을 것이기 때문이다. 조금 더 적극적으로 해석한다면, 우리가 발견한 '동네시장'이나 '인력시장'이 바로 그 현장의 한복판일 것이고, 정희경의 시조는 이러한 공간을 통해 우리 시대의 삶을 충실하고 풍부하게 담아낸 매끈한 축도로 다가오는 것이다.

5. 참여와 성찰의 오랜 시간

지금도 우리가 서정시를 쓰고 읽는 것은 우주나 역사 같은 커다란 범주에 참여하는 일이기도 하겠지만, 자신의 삶에 대한 소중한 기록을 남기고자 하는 의지를 표현하는 일이기도 할 것이다. 물론 그러한 작업은 일종의 지속성을 가지고 삶을 규율하기보다는 삶의 반복성과 순환성에 충격을 줌으로써 자신을 성찰하게끔 해준다는 데 의의가 있을 것이다. 이때 서정시의 중요한 기능은 시인 스스로의 참여와 성찰의 시간을 생성하는 데 있게 되는데, 따라서 우리는 좋은 서정시를 읽음으로써 그동안 알지 못했던 시인의 경험과 관념과 가치를 만나면서 한 차원 높아진 세계에 다다르게 된다. 그러한 과정을 가능케 해주는 것이 바로 시인 스스로 써가는 시조가 아닐까 생각해본다. 다음 작품에 그러한 참여와 성찰의 시간이 잘 나타나 있다.

축축한 호주머니 한 줌의 울음까지

세상을 끌고 다닌 눅눅한 밑단까지

내 옷장 구석구석에 웅크리던 울 엄마

몇 날의 눈물마저 한꺼번에 담아가서

홀쭉한 무덤가에 노란 꽃 가득 피네

뽀송한 햇살 한 줄기 이승으로 보낸 꽃

-「제습제」 전문

누구나 잘 알듯이 '제습제'는 공기 중의 습기를 빨아들여 습도를 낮추기 위해 쓰이는 물질이다. 시인이 호출한 '울 엄마'는 마치 축축한 호주머니에 들어 있던 한 줌 울음과 눅눅한 밑단까지 품으시면서 "내 옷장 구석구석"의 습기를 없애주셨다. 그렇게 물기를 다 거두시고 몇 날의 눈물마저 담아가신 어머니는 무덤가에 가득 피어난 노란색 꽃처럼 "뽀송한 햇살 한 줄기 이승으로" 보내고 계시다. 어느새 '축축함/눅눅함'은 '뽀송함'으로 존재 전환을 치르면서, 오랜 시간 참여와 성찰의 기회를 꾸려가는 시인의 모습을 선명하게 보여준다. 그렇게 "두고 온 룽다 위로 흩날리는 신의 언어"(「야차굼바」) 혹은 "정수리에 꽂히는 하늘의 죽비소리"(「바심하다」)처럼 오랜 시간이 던져주는 신성하고 단단한 소리가 '시인 정희경'의 성숙을 가져다준 셈이다.

　　잊어버린 순간들은 가물가물 아지랑이
　　말하고도 쓸 수 없어 보고도 읽을 수 없어
　　눌러 쓴 다섯 폰트가 제 이름을 달았다

　　삐뚤빼뚤 글씨들 굽이진 길 돌아와
　　수천 장 쓰고 또 쓴 입말이 씨가 된다
　　배추씨 시금치씨에 詩가 열린 칠곡할매

　　몸이 쓴 글자들이 팔십 평생 함께 왔다
　　작대기가 꼬꼬장해 콩이나 쪼매 심고
　　할매들 집으로 가는 길 이름 석 자 빛난다

　　－「칠곡할매체」전문

　시인의 시선이 가닿은 형상에 '칠곡할매'들이 있다. 이

분들은 칠곡에서 늦게 교육을 받아 한글을 깨친 할머니들이다. 할머니들이 서투르게 쓴 글씨를 바탕으로 만들어진 '칠곡할매체'는 고단한 우리 역사의 한순간을 그대로 소환하고 있다. 할머니들은 그동안 말하고도 쓸 수 없었고 보고도 읽을 수 없었지만 "눌러 쓴 다섯 폰트가 제 이름을" 다는 순간을 마침내 맞았다. 그 글씨들은 어느새 굽이진 길을 돌아와 "수천 장 쓰고 또 쓴 입말이 씨가" 되는 과정을 거쳐온 것이다. 그렇게 "할매들 집으로 가는 길"에 이름 석 자들이 아름답게 빛을 뿌리고 있다. 할머니들의 이러한 순간은 "오래된 벽면에 타오르는 불의 꽃"(「플라밍고 혹은 플라멩코」)처럼 "어디든 길을 내면 내 길이 아니더냐"(「참깨를 심다」) 하는 오랜 시간의 기다림을 알려주고 있는 것이다.

결국 정희경 시인은 서정시의 가장 중요한 원천이 오랜 시간을 격하여 마침내 발견되는 어떤 가치 있는 순간을 잡아낸 것이다. 그것이 한결같이 이제는 사라져버린 것들에게서 발원한다는 점에서 이러한 지향은 그만큼 소중하다. 있어야 할 것들의 부재, 한때 존재했던 것들의 사라짐, 삶의 필연적 소멸에 대한 반응이 정희경 시조의 외로운 힘이기 때문이다. 결국 정희경 시조는 이러한 부재와 사라짐을 받아들이고 견뎌가는 미학적 항체로 존재하면서, 어떤 궁극적 근원을 파악하는 것이 이성으로만 되는 것이 아니라 시간의 흐름 속에 불가피하게 찾아온다는 것을 선명하게 보여준다. 따라서 우리는 이번 시조집에서 시인 스스로의 근원적인 존재론을 만나는 동시에 미학적 근본주의를 통해 새로운 시간을 열어가는 시인의 마음을 또한 읽게 된다. 이는 오랜 시간에 참여하고 스스로를 성찰하려는 시인의 품과 격을 보여주는 흔치 않은 사례가 되어줄 것이다.

6. 현대성 제고에 크게 기여하는 큰 시인으로

시조가 운명적으로 견지하는 율격적 제한성에도 불구하고 최근 우리의 정형 미학은 매우 활달하고 섬세한 서정을 굳건하고 다양하게 펼쳐가고 있다. 정희경의 시조에서 우리가 눈여겨보아야 할 것은 사물 속에서 정서의 섬세한 결을 유추해내는 방법론과 그것을 사랑의 형식으로 바꾸어가는 활달하고 섬세한 서정일 것이다. 그만큼 그의 시편에서 서정의 원리는 구체적 사물에서 시작하여 삶에 대한 사랑으로 확장되어간다. 그 사랑의 에너지가 사물 이면에서 들리는 소리에 민감한 감각을 낳고 있는 셈이다. 그렇게 정희경의 시조가 선연하고도 절절한 기억 속에서 생성하는 것은, 그가 매우 흡인력 있게 자신의 존재론을 구성해왔다는 것을 명확하게 알려주고 있는 것이다.

물론 시조는 '꿈'과 '현실'의 접면에서 만들어지고 그것들이 이루는 첨예한 긴장을 통해 발화되는 서정 양식이다. 그래서 '꿈'에 접근하는 일과 '현실'에 다가서는 일은 시조가 수행하는 불가피한 두 개의 축이 되어준다. 정희경의 시조는 현실에 근접하면서도 그것을 뛰어넘을 수 있는 마법적 꿈의 세계를 마련하여 그 경계선에 우리의 정체성을 세워가는 세계이다. 그렇게 마음을 다해 전해진 회감回感의 정서와 우리가 살아가는 현실에 대한 탐구를 통해 우리는 서정 양식의 핵심 기율을 여지없이 충족하게 된다. 이러한 자신만의 세계를 아름답게 완성한 이번 시조집을 두고 우리는 정희경 시인이 앞으로 이루어갈 세계를 오래도록 바라볼 수 있었으면 하는 소망을 가져본다.

이번 시조집 『미나리도 꽃 피네』 안에 담긴 이러한 아름다운 기억과 마음은 이제 우리로 하여금 세상이 살 만한 것이라는 사실을 알게 해주는 동시에 진정한 위안과 치유의 순간을 경험하게 해줄 것이다. 흰 꽃으로 피어난 미학적 기억의 울림을 담은 이번 시조집 상재를 마음 깊이 축하드리면서, 앞으로 더욱 한국 시조의 현대성 제고에 크게 기여하는 큰 시인으로 훤칠하게 나아가시기를 바라마지 않는다.